「花ばぁば、
このまえの押し花、どうでした？」
「すごくきれいに仕上がった。
野菊《のぎく》の花をまたつんできたよ」

花ばぁばは、押し花を作ります。
週に一度、園芸《えんげい》セラピスト✿がやってきて、
花ばぁばの押し花づくりをお手伝いします。

✿ 植物を育てたり飾ったりすることで、弱った体や心を癒《いや》すようにサポートする人

花ばぁばにはふたつの顔があります。
むすっとした顔と、
ぱあっと明るく笑う顔。
「笑いたくても、
面白いことなんてなんもない。
大きな声で笑うほど、
楽しいことがあるのかね？
ちょっぴりふくれっつらで、苦笑《にがわら》い。
そのぐらいで十分だよ」

こんなふうに言うけれど、花のことを話すとき、
いつもぱあっと明るい笑顔になるのです。

戦争で被害を受け苦しんでいる、すべての女性たちにこの本を捧げます。

そして文学を通じて「慰安婦《いあんふ》」と友達になり、本書の日本語版出版のためにご尽力くださった故ピョン・キジャさんに感謝いたします。

著者からの言葉

2010年に韓国で「花ばぁば（꽃할머니）」を出版し、その年の12月にシム・ダリョンさんが亡くなりました。そのころ私は、日本で出版できないのではないかとの産みの苦しみを味わっていました。シム・ダリョンさんの証言の記録に正確ではない部分があるとの理由からです。連行された時期と場所が慰安所の設置に関する公文書の記録と一致しないためでした。「慰安婦」問題を否定する人々に間違いを指摘される可能性があるというのです。これをきっかけに、私はシム・ダリョンさんら元「慰安婦」の証言にどのように接するべきか、もう一度考えてみました。

証言は「記憶を陳述したもの」ですが、人間の記憶は完璧ではありえません。情報通信が発達した現代でも、10年前に自分がどこで何をしたのか正確に記憶している人は多くないでしょう。ましてや、時計もカレンダーも電気もなかった植民地時代の田舎の村で学校にも通えなかった幼い少女が、突然戦地に連れて行かれ、軍隊が転戦するたびに移動しながら経験したことを、半世紀以上も過ぎた後で正確に証言することができるのでしょうか？

「慰安婦」たちがつらい過去を話し始めた時、彼女たちの証言はほぼ唯一の「被害の証拠となる資料」でした。「公文書」が途方もなく不足していたためです。戦争犯罪の具体的な証拠資料となる公式文書を多く残すわけがなく、残っていたとしても、文書を独占する側が進んで公開することはないでしょう。でも、世間は彼女たちに具体的な時期と場所の情報を要求しました。そのような雰囲気の中で、時間の経過とともに「抜け落ちた記憶」は、どうにかして補われなければならなかったのです。シム・ダリョンさんの証言に明瞭ではない部分があるとすれば、このような条件と状況によるものです。

だからといって、彼女の体と心に刻まれたつらい記憶が否定されてよいのでしょうか？

2013年、日本軍「慰安婦」たちを記憶するための「抜け落ちた記録展」に関わった際に、私は生前のシム・ダリョンさんと親しかった人たちにインタビューしました。シムさんが娘のように慕っていた人は、こんな言葉を聞いたと言います。

「幼い時に強制的にあんなことをされたら、誰でも気がおかしくなってしまうよ」

私たちは被害者の証言に何かを要求するよりも、まず彼女たちが経験した痛みに共感する姿勢を持たなければなりません。証言は、事実を証明する資料である以前に、真実を明らかにすることで証言者自身が大切な人として、生まれ変わる過程でもあるからです。

このような考えから、証言集をもう一度読み、シム・ダリョンさんの肉声の録音も聞き直しました。時々からまっては止まり、思い出しては続く記憶をたどりながら、論争になるような証言の些細《ささい》な点よりも、彼女が経験した痛みに対して、より誠実に寄り添うべきだと考えました。そんな意味を込めて2015年に改訂した作品が、日本でも読まれるのは、とてもうれしいことです。

クォン・ユンドク

花ばぁば

クォン・ユンドク＝絵／文
桑畑優香＝訳

花ばぁばが12歳か13歳だったころのお話です。
日本が朝鮮《ちょうせん》半島を支配し、
多くの国では戦争が起きていました。
朝鮮総督府《そうとくふ》は、若い人たちを戦地へかり立て、
食べものから金属のスプーンまで
取り上げたのです。
人びとは野原や山の野草《やそう》を
おかゆにして食べました。
その日も花ばぁばは、お姉さんと
野草をとりに出かけました。

野原にいたのは、花ばぁばとお姉さんだけです。
遠くからトラックが近づいてきました。
大きな人たちがトラックから降りてきて、
竹のかごを足でバンバン蹴《け》って
お姉さんにトラックに乗るように言いました。
花ばぁばとお姉さんは怖くなり、互いにぎゅっとしがみつきました。
大人たちは花ばぁばを足で蹴りつけ
お姉さんの長い髪《かみ》をわしづかみにして、トラックに乗せました。
「お姉さん！」と泣きさけぶ花ばぁばも
トラックに乗せられてしまいました。
花ばぁばとお姉さんは、理由も行先《いきさき》もわからないまま、
泣いているうちに連れ去られてしまったのです。

トラックから降りると、船に乗せられました。
船底《ふなぞこ》の部屋には、たくさんの女の子がいました。
船は昼も夜も海を走り
どれだけの時間が過ぎたのか、そしてどこへ向かっていたのか
花ばぁばにはわかりませんでした。

お姉さんと大きな女の子たちは
先にどこかに連れて行かれました。
「お姉さんが必ずさがしにゆくから、泣かないで。
泣くとなぐられるから」

お姉さんはそう言ったけれど、
その日を最後に、花ばぁばは二度とお姉さんと
会えませんでした。

川のほとりの斜面《しゃめん》に軍の建物がありました。
中は、小さな部屋に仕切られていました。
管理人《かんりにん》が部屋にひとりずつ女の子を
放り込みました。
花ばぁばも、小さな部屋に
押し込められました。
外には銃《じゅう》を担いだ兵隊《へいたい》たちが立っていて、
何かがかすかに動くと、すぐにタタタタと
銃で撃ちまくるのです。
怖くてだれも外に出ることができません。
そこで何が起きるのか。
花ばぁばは何も知りませんでした。

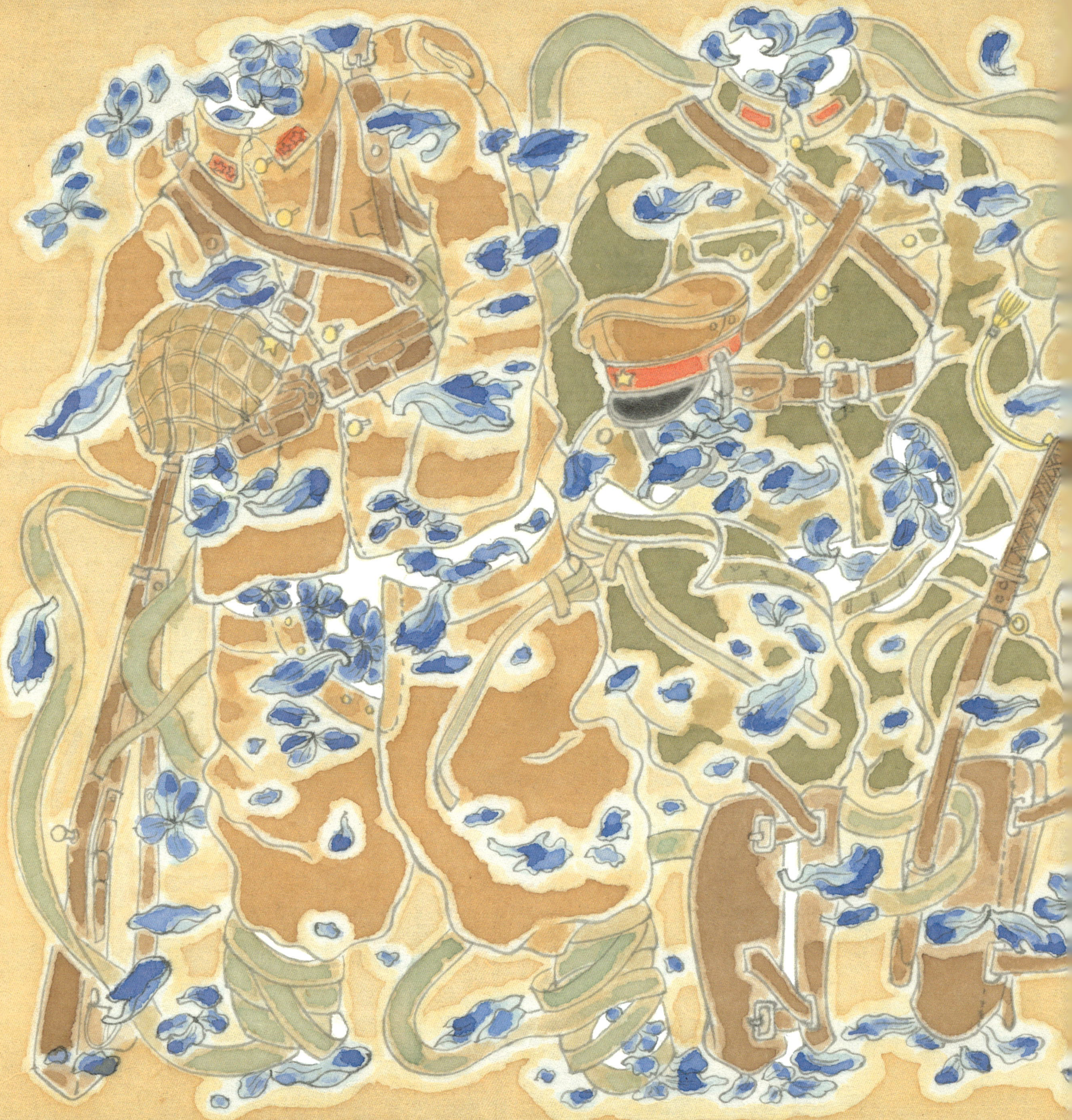

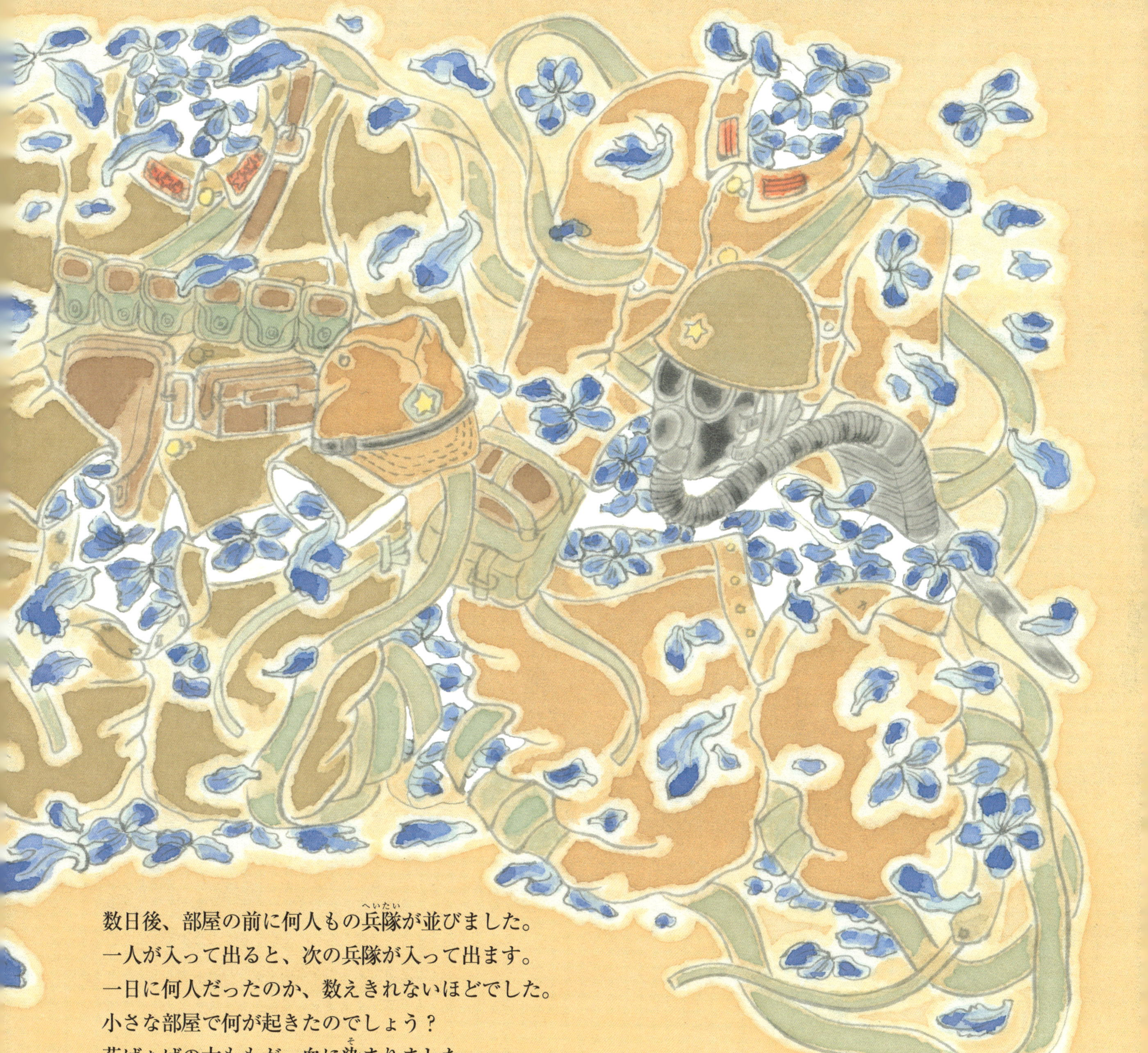

数日後、部屋の前に何人もの兵隊《へいたい》が並びました。
一人が入って出ると、次の兵隊が入って出ます。
一日に何人だったのか、数えきれないほどでした。
小さな部屋で何が起きたのでしょう？
花ばぁばの太ももが、血に染《そ》まりました。
どうやって花ばぁばは耐《た》え抜《ぬ》いたのでしょうか？

花ばぁばは、日本軍「慰安婦《いあんふ》」✿でした。

✿ 1930年代から、アジア太平洋戦争が終わる1945年までの時期に、戦地へ連行され、日本軍による性暴力を受けた女性たちのこと。韓国、中国など、漢字文化圏では日本軍「慰安婦」、国連など国際機関を含む英語圏では日本軍「性奴隷」（Military Sexual Slavery by Japan）と表記される。

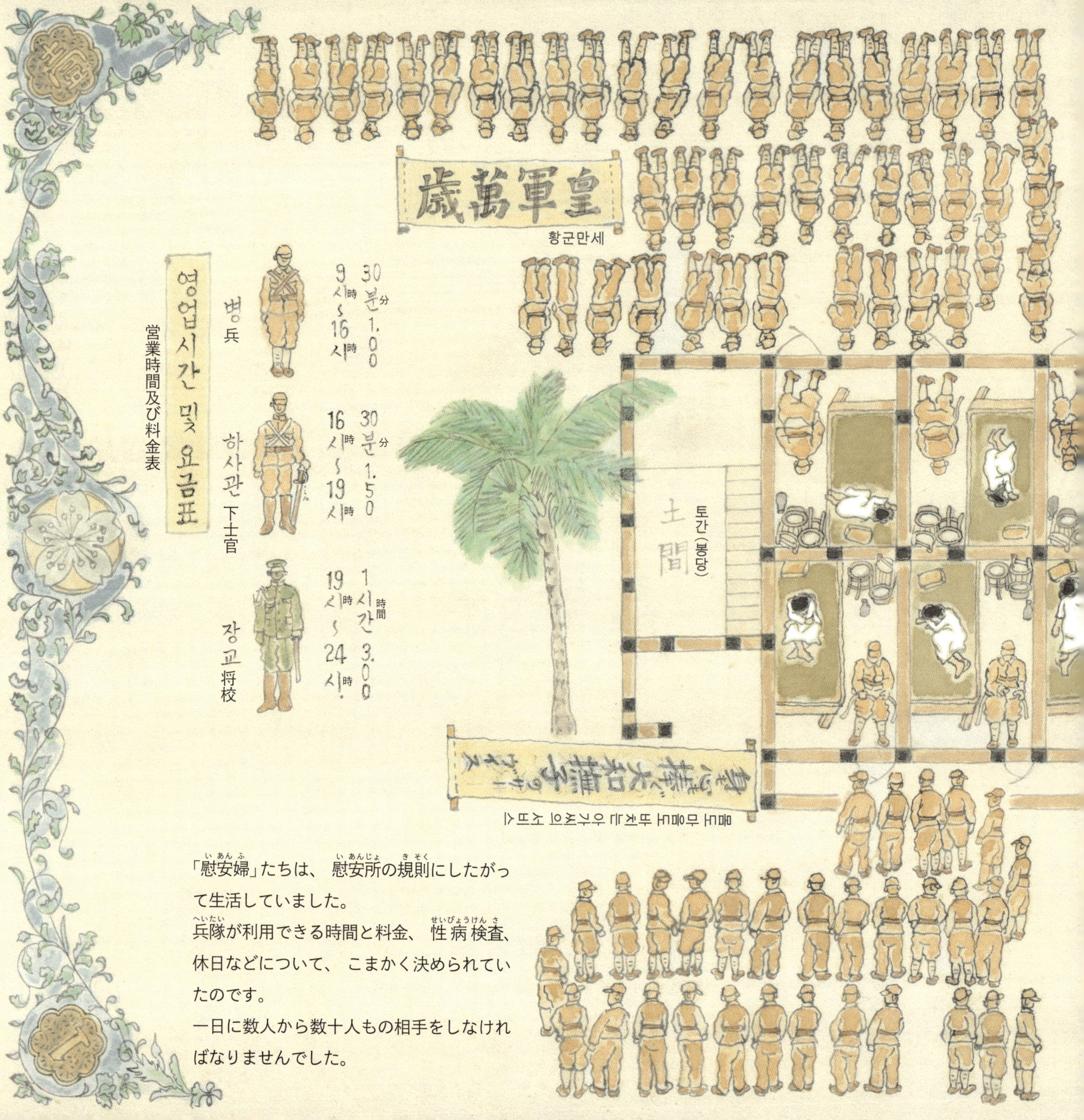

「慰安婦《いあんふ》」たちは、 慰安所《いあんじょ》の規則《きそく》にしたがって生活していました。
兵隊《へいたい》が利用できる時間と料金、 性病検査《せいびょうけんさ》、休日などについて、 こまかく決められていたのです。
一日に数人から数十人もの相手をしなければなりませんでした。

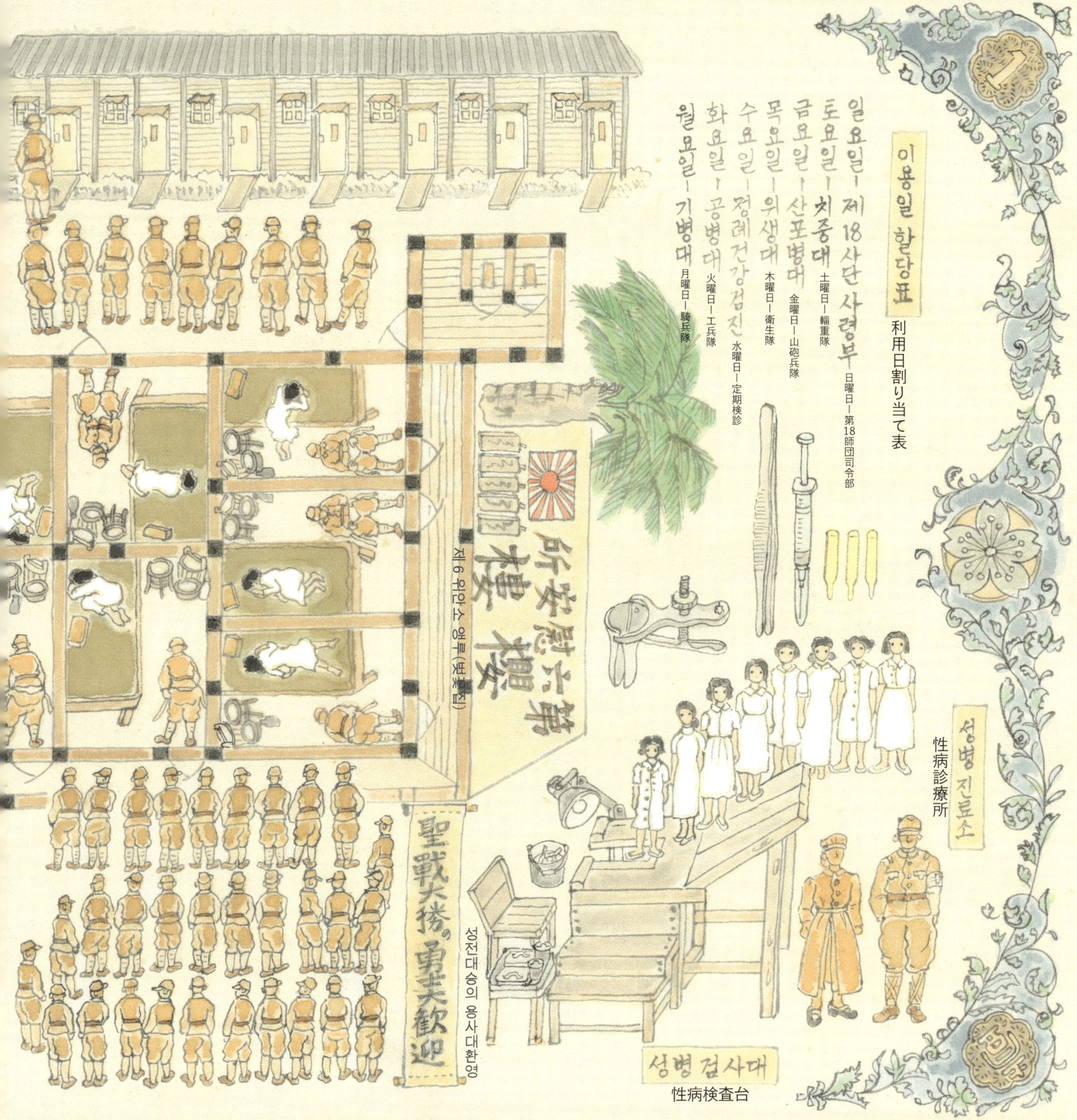
이용일 할당표
利用日割り当て表
일요일 - 제18사단 사령부
日曜日 — 第18師団司令部
토요일 - 치중대
土曜日 — 輜重隊
금요일 - 산포병대
金曜日 — 山砲兵隊
목요일 - 위생대
木曜日 — 衛生隊
수요일 - 정례건강검진
水曜日 — 定期検診
화요일 - 공병대
火曜日 — 工兵隊
월요일 - 기병대
月曜日 — 騎兵隊
第六慰安所 櫻樓
제 6 위안소 앵루 (벚꽃집)
聖戰大勝。勇士大歓迎
성전대승의 용사대환영
성병 진료소
性病診療所
성병 검사대
性病検査台

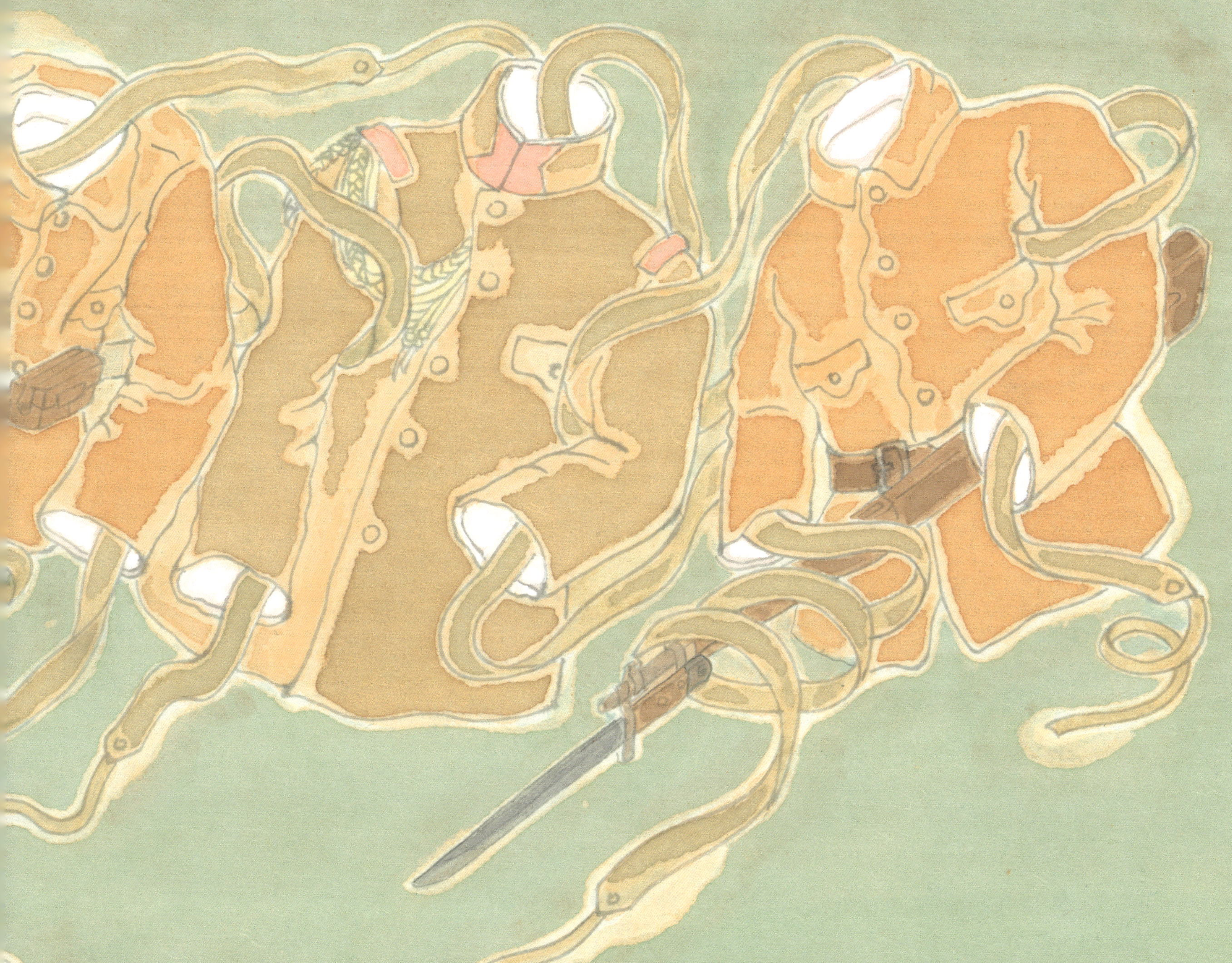

いやだと逆《さか》らうと、兵隊《へいたい》たちがなぐりました。
「兵隊がそんなに嫌いなら、死んでしまえ！」と言いながら。
軍靴《ぐんか》で蹴《け》り、髪《かみ》をつかんで地面に叩きつけました。
石でなぐられ、頭がはれ上がりました。
言うことを聞かないと腹を立てた管理人《かんりにん》が刃物を投げ、
花ばぁばの足が傷《きず》ついてしまったこともありました。

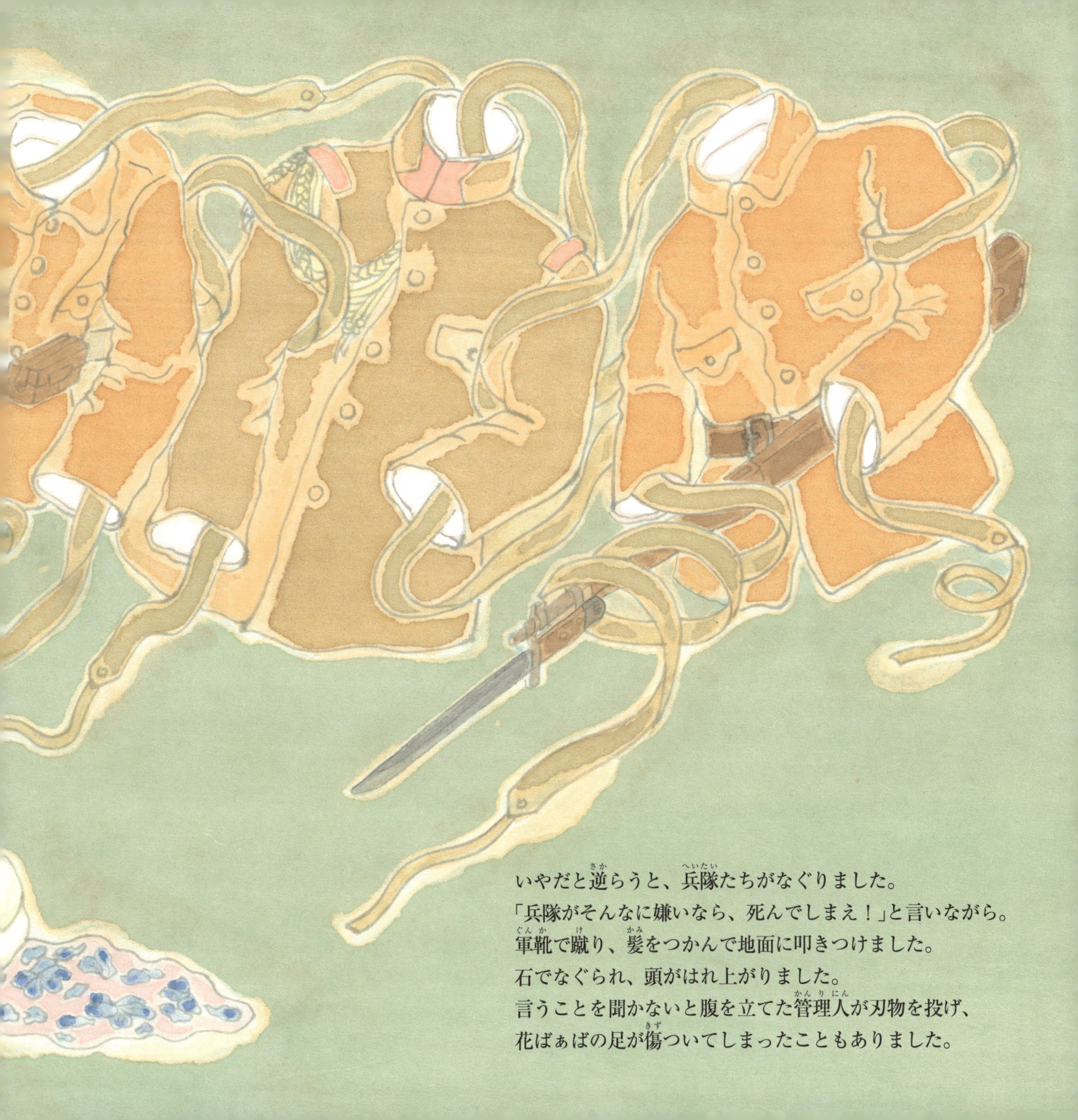

花ばぁばの体は、めちゃめちゃになっていきました。
体が犯《おか》されるたびに、心も死んでいったのです。
だれかの声を聞いただけで、ぶるぶると震《ふる》え、
部屋の隅《すみ》に隠《かく》れました。
あまりに怖くて気を失っても、気にかける人はいません。
「おうちに帰っておいで。花を見に行こう、牡丹《ぼたん》の花を」
ときどきお母さんの声が聞こえてきました。
「三つ編みにして花のリボンもしようね」
お姉さんの声も聞こえました。
花ばぁばの心は、だんだんと壊《こわ》れてしまいました。

軍隊《ぐんたい》が移動するたびに、
花ばぁばも連れて行かれました。
どこに行くのか、だれも教えてはくれません。
覚《おぼ》えているのは、爆薬《ばくやく》の匂いと爆撃《ばくげき》の音、
そして天と地すべてを覆《おお》いつくす炎だけ。
そんなふうに何年かの時が流れ、戦争が終わりました。
そして軍隊は花ばぁばを戦場に置《お》き去《ざ》りにしたのです。

ミャンマー
미얀마
バンダ・アチェ
반다이체
수마트라섬
スマトラ島
춤폰
チュムポーン
말레이시아
マレーシア
싱가포르
シンガポール
태국
タイ
방콕
バンコク
カンボジア
캄보디아
マレーシア
말레이시아
자카르타
ジャカルタ
호치민
ホーチミン
브루나이
ブルネイ
베트남
ベトナム
하이난섬
海南島
자바섬
ジャワ島
인도네시아
インドネシア
보르네오섬
ボルネオ島
마닐라
マニラ
필리핀
フィリピン
파나이섬
パナイ島
スラウェシ島
술라웨시섬
민다나오섬
ミンダナオ島
ヤップ島
야프섬
팔라우
パラオ
플로레스섬
フローレス島
숨바섬
スンバ島
할마헤라섬
ハルマヘラ島
파푸아뉴기니
パプアニューギニア
뉴아일랜드섬
ニューアイルランド島
티모르섬
チモール島
동티모르
東チモール

日本軍慰安所が確認された場所

この地図は「慰安婦」被害者と当時の日本軍兵士、そして目撃者たちの証言と各種公文書の記録をもとに作ったものです。1932年から1945年の間に日本軍が駐屯したほとんどすべての地域に慰安所がつくられ、たくさんの女性が被害にあいました。植民地となった朝鮮や台湾のほか、中国、フィリピン、東チモール、インドネシア、ベトナム、マレーシア、タイ、ミャンマー、インド、チャモロの女性、そしてオランダと日本の女性もいました。
大部分の女性たちは、本人の意思とは関係なく連れてこられた人たちでした。

※地理・地名は現在のもの

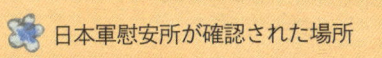

その後20年間、どこでどのように生きてきたのか、
花ばぁばは覚《おぼ》えていません。
だれかに連れられて故郷《くに》に帰り、
お寺にあずけられたと知らされたのは、
かなり時が過ぎてからのことでした。

ある日、ひとりの女の人がお寺へやってきました。
その人は花ばぁばのことが、気になって仕方ありません。
「お坊さま、私には行方《ゆくえ》が知れない姉がふたりおります。
あの花ばぁばは、姉に思えてなりません」
お坊さまにお願いし、花ばぁばを引き取った妹は
ぼろぼろになった体をいたわり世話をしました。

臼《うす》でひいた薬草の汁を飲ませ、
熱くした瓦《かわら》で体を温め、
記憶が戻るようにと仏様にお祈りし……。
花ばぁばのために、妹はできる限りのことをしました。

ときどき我《われ》に返る花ばぁばの目には
お姉さんがかわいそうだと泣く、妹の姿が映《うつ》っていました。

切手

花ばぁばは記憶を取り戻しました。
妹が病気で亡《な》くなった後のことです。
故郷《ふるさと》を訪ねても、両親はすでにこの世になく、
よろこんで迎えてくれる人は
だれもいませんでした。

花ばぁばは夜《よ》な夜《よ》な怖い夢を見て、
何度も目を覚《さ》ましました。
突然襲《おそ》いかかってなぐる兵隊《へいたい》たち。
飛行機の音、爆撃《ばくげき》の音も聞こえました。
家の外に出ると、「けがらわしい」と
ひそひそ話をされている気がしてなりませんでした。
けがれた女だと、うしろ指をさされている気がして
なりませんでした。

「祖国近代化・滅共（共産主義を滅ぼそう）」
「豊かに暮らそう」（1970年代セマウル運動のスローガン）

世の中は目まぐるしく変わり、
花ばぁばの痛みに関心を持つ人はだれもいませんでした。
花ばぁばは、だれにも話すことができませんでした。
日本軍「慰安婦《いあんふ》」だったという事実を、
心の奥にぎゅっと、閉《と》じこめてしまったのです。

50年も過ぎたある日、
花ばぁばの話を聞きたいという人たちが
やってきました。
花ばぁばの痛みを分かち合いたいという
人たちもやってきました。

花ばぁばは、心に閉《と》じこめていた話を
世の中に向けて語《かた》りはじめたのです。
「今の時代には、あんなことが起きてはならない。
私と同じ経験《けいけん》が二度と繰り返されないように。
自分が悪いわけではないのに、
人生のすべてを失って……」

花ばぁばは世の中に歩《あゆ》み出て、
たくさんの友達の輪に入りました。

花ばぁばは今、妹の孫と福祉《ふくし》住宅に住んでいます。
近所の病気のおばあさんのために
食事の準備をしてあげ、洗濯もしてあげます。
そして週に一度、園芸《えんげい》セラピストと一緒に押し花をします。
「花が大好き。花に触れると心も晴れるし、すごく楽しい」

花ばぁばは最近、名前の書き方を習い、
押し花の作品ができあがると、サインをします。
「私も少しは賢《かしこ》くなったかね」と恥ずかしそうに笑います。

「花ばぁば、いつまでもお元気で。
長生きしてください」
園芸《えんげい》セラピストが髪《かみ》に花を飾《かざ》ると
花ばぁばは、ぱあっと明るい笑顔に
なりました。
「みんなが花を愛するように
お互いを愛しながら生きていけたら
うれしいね」
そんなふうに話しながら笑う時の
花ばぁばは、13歳の少女のようです。

いまも地球のあちこちで絶《た》えず戦争が起きています。
花ばぁばが経験《けいけん》した痛みはベトナムでもボスニアでも
繰り返されました。
そして今、コンゴやイラクでも続いているのです。

この絵本は1940年頃、 日本軍「慰安婦《いあんふ》」として連れて行かれた
シム・ダリョンさんの証言をもとに作られました。

読者のみなさんへ

昔の出来事を今なぜ再び語るのですか？

日本がいまの韓国や北朝鮮を統治した時代に起きたことのせいで、「慰安婦」たちは苦痛の中で一生を送らなければなりませんでした。でも、このような不幸を経験したのは、日本軍慰安婦だけではありません。これまでも様々な形で戦争中に性暴力が起きました。軍人たちの欲求を満たすこと、辱めを与えて敵の士気を下げること、さらには女性の体をぼろぼろにして、敵対する民族を抹殺することなどが、その目的です。

アジア太平洋戦争、ベトナム戦争、ボスニア内戦、コンゴ内戦、ルワンダ内戦、イラク戦争など、数多くの戦争で同じようなことが繰り返されてきました。私たちが「昔の出来事」を再び語る理由は、このようなことが二度と繰り返されないようにするためなのです。

「慰安婦」は、どのようにして証言に立つようになったのですか？

日本軍「慰安婦」被害の問題が韓国社会で初めて明かされた時、慰安婦のことを「体を売った女性」であるとみなし、「民族の恥だ」と考える人たちもいました。

日本の植民地から解放後46年が経った1991年、キム・ハクスンさんが日本軍「慰安婦」だった事実を証言したのをきっかけに、多くの女性たちが被害を明かすようになりました。戦争によって女性の人権が無残に踏みつけられることが二度とないよう願う心から立ち上がったのです。　韓国だけで238人が「慰安婦」被害者として登録され、様々な市民、人権団体とともに日本政府に公式な謝罪と賠償を要求してきました。

再びそのようなことが起きないように、私たちはどうすればよいのでしょうか？

この本では、黄土色と「空っぽの服」を象徴として、私たちが「慰安婦」問題を見つめる時に注目すべきことに対する考えを表現しています。旧日本軍の服の色である黄土色は帝国主義を、「空っぽの服」は人間の考えと行動を規定し支配する制度や慣習、国家体制などをそれぞれ象徴しています。

誰もがそのような服を着れば、自分でも気づかない行動をとる可能性があります。つまり、「私たちは『慰安婦』問題の責任をひとりひとりの具体的な個人ではなく、彼らを指揮し扇動した国家と支配勢力に問うべきだ」という意味を込めているのです。

戦争で苦痛を受け被害を負うのは、暴力に抵抗する力を奪われた者たちです。軍服を着て戦争に動員された若者たちも、一方では被害者です。彼らを後ろで操り、戦争で利益を得る勢力が存在します。私たち多くの弱い者が民族と宗教、理念を超えて手を取り合い、その勢力と戦争に反対して、平和な世界を作っていかなければなりません。

子どもたちにこの本を読ませても大丈夫ですか？

芸術作品は、それを鑑賞する人の立場や状況によって受け止め方が異なります。言外の意味を含む文章と解釈の余地が多い絵でストーリーを語る絵本は、豊かで多様な想像をかき立てます。経験と知識がまだ多くない子どもたちが「慰安婦」の物語をすべて理解するのは難しいかもしれません。でも、慰安婦たちが経験した痛みを感じることはできるはずです。

絵本を読んで感じたことを心に大切にしまっておいた子どもたちは、成長する過程で痛みに共鳴し、理由と意味を問いながら自ら悟っていくのです。大人も一緒に読み、子どもと共に語り合えば、さらに深く豊かな理解と共感を得ることができるでしょう。

この絵本を日本で刊行した理由とは？

2010年に韓国で本書が出版されてから8年が経ちました。この間ずっと、日本の絵本作家、市民活動家、児童文学者、そして平和を愛する多くの市民たちが、この本が日本で出版されることを願い努力を続けてきました。「慰安婦」は特別な人ではなく、どこにでもいる普通のおばあさんであり、彼女たちの経験は過去の出来事ではなく、またいつでも起きうることです。この本の出版は、多くの関係者が力を尽くしてくださった結果であり、さらには平和と人権という普遍的な価値がより大きな力を得るきっかけになると信じています。

クォン・ユンドク

参考資料

【日本語資料】（順不同）

「証言ー強制連行された朝鮮人軍慰安婦たち」（明石書店）、「従軍慰安婦」（吉見義明著、岩波書店）、「従軍慰安婦資料集」（吉見義明編、大月書店）、「文玉珠 ビルマ戦線楯師団の『慰安婦』だった私」（森川万智子構成、梨の木舎）、「日本の軍装 1930～1945」（中西立太著、大日本絵画）、「航空ファンイラストレイテッド日本陸軍機全集」（文林堂）、「大日本帝国陸海軍ー軍装と装備」（中田忠夫著、池宮商会出版部）、「航空ファン別冊 日本海軍機写真集」（戸田万之助編、文林堂）、「日本軍慰安所マップ」（アクティブ・ミュージアム「女たちの戦争と平和資料館」wam）

【韓国語資料】（順不同）

「強制連行された朝鮮人軍慰安婦たち１～３」（ハヌル）、「強制連行された朝鮮人軍慰安婦たち４～５」（プルビッ）、「日本軍性奴隷制」（ソウル大学出版部）、「日本軍『慰安婦』歴史館を訪れて」（歴史批評社）、「海渡る恨ー勝山泰佑写真集」（汎友社）、「植民地朝鮮と戦争美術」（民族問題研究所）「日本軍 '性奴隷' 被害ハルモニ作品集」（ナヌムの家日本軍「慰安婦」歴史館）、「ハルメ、恋に落ちる―日本軍 '慰安婦' キム・スナクハルモニとシム・ダリョンハルモニの園芸作品集」（ハルモニと共にする市民の会）、「日本軍『慰安婦』とナチドイツ収容所の強制性労働―韓・独性奴隷展」（東北亜歴史財団）、「あの苦難と栄光の瞬間たち―建国60周年記念特別展」（国立民俗博物館）、「私の心は誰にもわからない」（イルイル社）、「訪れたい故郷に私の足で歩いて行けず」（アルムダウンサラムドゥル）、映画「ナヌムの家」（ビョン・ヨンジュ監督）、民族問題研究所所蔵の1930～40年代に出版された写真集、アルバムなど

協力してくださった方々（肩書きは原著刊行当時、順不同）

ナヌムの家、アクティブ・ミュージアム「女たちの戦争と平和資料館」（wam）、ハルモニと共にする市民の会、ピョン・キジャ（児童文学者）、カン・ジョンスク（成均館大学東アジア研究所責任研究員）、クァク・ドンヒョプ（クァク病院院長）、クォン・ヒョ（ドキュメンタリー映画監督）、キム・サンウク（春川教育大学）、リュ・ジェス（絵本作家）、メン・ジョンファン（キューレーター）、ムン・ギョンヒ（昌原大学）、パク・ソナ（漢陽大学）、パク・スジン（キューレーター）、パク・ユヒ（高麗大学）、パク・チョンエ（韓国女性史研究者）、パク・ジョンジン（児童文学研究者）、パク・ハニョン（民族問題研究所教育広報室長）、坂本知壽子（延世大学大学院生）、宋連玉（青山学院大学）、シン・チョルヒ（シン・チョルヒ青少年児童相談所所長）、アン・ボヨン（ドキュメンタリー映画プロデューサー）、アン・イ・ジョンソン（ハルモニと共にする市民の会代表）、梁澄子（日本軍「慰安婦」問題解決全国行動共同代表）、岡本有佳（風工房編集者）、渡辺美奈（wam事務局長）、ユン・ミョンスク（歴史学者）、ユン・ミヒャン（韓国挺身隊問題対策協議会常任代表）、イ・リョンギョン（立教大学）、チュ・ウニョン（園芸セラピスト）、チ・ヨンエ（大邱CBSアナウンサー）、ホン・ユンシン（早稲田大学）、ファン・ジニ（平和を抱く家平和図書館平和図書館司書）、シン・ミョンホ（武蔵野美術大学）、軍浦市谷蘭小学校の児童とチェ・ウンギョン先生、梨花女子大学生涯教育院読書指導者過程の受講生たちとイム・ヒョンヨン先生、成瀬台中学校の生徒と国語の先生、和光鶴川小学校6年の児童と先生、一山「童話を読む大人の会」の母親たちとチョン・ビョンギュ先生

ⓒ 장홍제

絵／文 クォン・ユンドク（権倫徳 권윤덕）

1960年韓国京畿道生まれ。美術を通して社会運動に参加していた1995年に初めての絵本『マンヒのいえ』（らんか社）を出版し絵本作家の道に進む。1998年から山水画、工筆画、仏画を学び、伝統美術の美しさを絵本に再現することを得意とする。韓国を代表する絵本作家で、主な作品に『しろいはうさぎ』（福音館書店）や韓国済州島４・３事件をテーマにした『木のはんこ』（未訳）などがある。

訳 桑畑優香（くわはた・ゆか）

1968年茨城県生まれ。早稲田大学第一文学部卒業後、韓国へ。延世大学語学堂・ソウル大学政治学科で学ぶ。訳書に『黒い傘の下で 日本植民地に生きた韓国人の声』（ブルースインターアクションズ）、『トルストイのいる古本屋』（彩流社）、『今、何かを表そうとしている10人の日本と韓国の若手対談』（クオン）など。

花ばぁば

2018年４月29日
初版発行

2022年９月11日
３刷発行

著者 クォン・ユンドク

訳者 桑畑優香

パブリッシャー 木瀬貴吉

装丁 安藤　順

価格 1800円＋税

発行 ころから

〒115-0045 東京都北区赤羽1-19-7-603

Tel 03-5939-7950 Fax 03-5939-7951

office@korocolor.dom

ISBN 978-4-907239-29-9
C0798

cosh

本書は2015年刊行の改訂版を底本にしています

本書は202人の支援で刊行されました 감사합니다《ありがとうございます》

本書は「日中韓　平和絵本シリーズ」として制作され、クラウド・ファンディングサイト（READYFOR?）を通じた支援を受けて刊行されました。
以下に支援者の一部（順不同、敬称略）を掲載し、この場を借りてお礼申し上げます。

ころから株式会社一同

株式会社ハウスポート／東英明／ミズノマユミ／犬山日語教室／ゆい塾
國賀由美子／金龍虎／有馬理恵／吉田法律事務所吉田武史／堀本実花
アクティブ・ミュージアム「女たちの戦争と平和資料館」（wam）